有馬 敲

詩集 もっと光を

澪標

もっと　光を●目次

装幀　上野かおる

I

無事

加茂川から河合橋を渡って
背中を丸めた無帽の老人がひとり歩いてくる
いつものかっこうでのっそりと
高野川の東岸にさしかかる

桜が紅葉した小道を
堰水が流れる浅瀬を眺め
通りがかりのひとに追い越され
途中の石段の下でマスクをはずし

両腕を伸ばして休む

ぼくは対岸で野球帽をかぶって
坂道の石垣に腰かける
御蔭橋の橋げたの隅にうずまる
数羽の鳥を眺めてマスクをはずし
堰水の落ちる音を聴いている

川端通りを
「大原」行きのバスが通り過ぎ
出町柳に停車して
北の方角へ走り去ってゆく

ぼくははるか向こうの比叡山の頂きを見る

対岸の老人がのっそりと腰を上げる
老人はぼくに軽く合図するふりをする
ぼくはうなずいて帰ってゆく老人を見送っている

万物の霊長

ふだんは威張って二本足で歩いているが
その人間もいつ死ぬかわからん
こんどは新型コロナの一件で
右往左往して
いつなんどき　コロリといくかもしれん

やれ　マスクをしろとか
密閉　密集　密接　はあかんとか
専門家にえらそうなことを言われて

天下国家を論じる政治家さえも
まわりの様子をうかがって
どうしたもんか　と腕組みしとる

年寄りも　若いものも
イライラがつのって
早く通常にもどせ
いや　早過ぎる
とにかく　マスクさえしておれば
なんとか落ちついてくるにちがいない

しかし肝心のワクチンの話を聞くと
答えはいつもあいまいで
いつまでにできるのかはっきりしない

これでは未知のウイルスには
朝がたは梅干しを食べて
夕がたにはのど飴をねぶっておれ　ということか
万物の霊長らしく

渋谷スカイ

マスクばかりが目立つ
新幹線東京行きの「のぞみ」に乗った
あちこちに散らばるビニールハウスの列
渋谷に着くと
スクランブル交叉点で
しばらく会わなかった忠犬ハチ公が
人混みの少ない交叉点で待っている

ずっと昔

東京に就職した兄貴をたずね
夜の女たちがたむろする界隈を
不良青年になってうろついたが
兄貴は軍隊時代の病気がたたって
六十歳前後で亡くなってしまったなあ

展望台エリアはすっかり晴れていて
屋上に出ると四方をさえぎるものはなく
真っ青な空を間近に感じる
通路を進むと
左側は全面がガラス張りで
街を行き交う人を眼下に望め
新国立競技場など遠くまで見える

反対側の壁には
カラフルなデーター画像がひろがり
スマートフォンの位置情報にもとづく人の動きや
ネットでつぶやかれた街のことばが組み合わされ
近未来感が演出される

ことし九十歳になる俺は
二十七歳になる孫の結婚式にやってきた
林立する街の風景を展望し
杖もつかずに片脚を引きずって歩く
明日もきっと晴れになるだろう

出町三角州

きらきらときらめく三角州の水面に
夕陽が落ちかかる
影になったビルが映る
もうすこし生きていてもよさそうだ
遠くのほうで段差のついた堰水が落ちる

合流する川の分かれめに敷かれた大亀をまたいで
遊びつかれた子どもたちが帰ってゆく
その上の加茂大橋の通りを

せわしげにバスや自動車が走りさる

きょういちにちはまだ終わっていない
目じるしにしてきた出町柳の枝が
近くでぽつねんと立っている
雲間から覗くプラチナの環が
きょうの値打のとうとさを告げる

振り返ると　北の方向で
比叡山がこちらを睨みつけるかっこうで聳える
以前　ぼくのはいっていた病室はどのあたりだったか
まだ生きていてもよさそうな気がする

ある日

はげかかった紺の野球帽をかぶり
葉ざくらに変わった橋のたもとに出る
十数段の階段を降りると
見なれた堰水が流れ落ちる

しかし川の流れは日によって異なり
きょうの午後は風が強い
河原の菜の花が揺れうごく
水鳥が羽ばたきをしてたわむれ

浅瀬の餌食を突つく

昨日は親しかった旧友が亡くなった
職場がいっしょだったころ
休日にゴルフに誘われたことがあった
このぼくも八十歳半ばを過ぎてしまった

時代が過ぎて令和と呼ばれることになり
このぼくは慢性の不整脈になやむ
どれくらい生きられるのか
河川敷に出ると
活発な高校生の男女とすれ違う

丘の上に立って

額の汗をぬぐい取るために
帽子を脱いで「Braves」のはげた記章を眺め
傾いた西日にかざす

虫食む

歯が痛い
右奥歯の親知らずのあたり
いままでなんともなかったのに
夕飯後からづきづき痛む

連休が明日までつづき
いまから歯医者に予約ができない
こめかみのあたりがづきづき痛み
長年生きてきたために

奥歯にも寿命がやってきたのか

いつも歯石を取ってくれる五十過ぎの女医が
残りの歯がそろっているので
まだ二十年ぐらい持つと言ってくれていたのに
あれはお世辞だったのか
フッソを残したままで歯みがきすれば大丈夫と教えてくれたが
そんな器用なことができるはずがない

薬箱に残っていた痛み止めを飲んで
いまは応急の処置をするしかない
決して救急車に乗って運びこまれるのは辛抱しよう
それにしても歯がづきづき痛い

蚊の群れ

目の前に
蚊のようなものが飛んでいる
八十歳半ばを過ぎて
白内障手術をしたあとに
目の前にはいる光線がまぶしく
ものの影を落としている

五十歳の半ば
目の前にちらつくものが気になり

眼科医に行くと飛蚊症だといわれた
あまり気にすることはない
いつのまにか消えてしまう　安心しなさい
と言われたが　以来
あきらめてすっかり忘れていた

いまごろになって
白内障の手術前に
すでに生理的に存在していたものは
そのまま残ると知った

目の前に
蚊のようなものが群がっている
いつもより光線がまぶしく差し込んで

さらに　ものの影が
くっきり見える
この世で見残したものを
もう一度　蚊のようなものが群れるなかで
はっきり見直す

Ⅱ

ピンチ

とうとう
ぼくは自身から逃げ隠れできなくなった
孫のような童顔の医師にうながされて
署名を求められている

三十数年苦しんできた持病の不整脈が
発作を起こして救急病院に運びこまれ
一時的に治まったが
いつまた発作が起きるかわからない

八十を過ぎて麻酔し　手術し
精査し　処置し　治療するのは
たいへんなことだ
同意しても事前であれば
撤回できると医師はいうけれど
そうかんたんに
返事をくつがえすわけにはいかない

執刀する技師立ち会いの上で
若い医者のていねいな説明を聞きながら
ぼくは同意書を片手に
ぼくの生命の重さを量っている

朝の風景

まだ心臓は動いている
いつまた不整脈の発作が出るかもしれない
けだるい朝の空気のなかで
ＦＭ放送のスイッチを入れる

さっき起きた老妻はいたって元気だ
まな板で野菜を刻む音がする
およそ二十数年前
卵巣ガンを病んで大学の付属病院にはいり

ぼくはまわりに気兼ねして見舞った

いつのまにかぼくは心臓をわずらい
すっかり年老いてしまった
妻が郵便受けから取ってきた
けさの新聞をひろげる

まだ心臓は動いている
晩酌もできなくなったぼくは
冷蔵庫の棚からヨーグルトを取りだし
のど越しにビールがわりに流しこむ

生還

深い眠りからさめて
ぼんやりした視界のむこうをたしかめる
見おぼえのある顔が浮かび
ぼくはまだこの世にいるらしい

窓のそとではみどりの葉が揺れ
風が吹いている
ぼくはまちがいなく呼吸していて
生きている

どこか遠い場所からやってきて
ぼくはこの世にいるふしぎを
見おぼえのある部屋でたしかめる

いまさっき　点滴をすませた看護師が
命拾いをした男のそばを
さりげなく通り過ぎていく

生き残りの唄

旧日本陸軍の
生き残りの一等兵は歩調をとって歩く
よろよろの身体をけしかけて
屈強な若者といっしょに
リハビリの体育館を歩く

乗りなれたバイクから転げ落ち
あっという間に失神した
気がついたときには

救急病院の一室に寝ころがっていた
老妻が心配顔にのぞきこんでいる

初年兵からびんたをくらって鍛え上げられ
ようやく一等兵に昇進した
しかし敗戦のどさくさから
特需　高度成長　バブルと切り抜けてきた

運悪く
乗りなれた愛用のバイクが
曲がり角で交通事故を起こしてしまった
一命は取りとめたが
いまはリハビリセンターに通う

旧日本陸軍の生き残りは
よろめく身体にけしかけ
かっぷくのよい若者とともに
胸を反らして歩く

やせ我慢

腰が痛い
このもやもやじりじりはなんとかならぬか
使いなれた塗り薬も貼り薬も
もはや効かなくなってしまった
ぶら下がり器や足踏み器も
一時的に痛みをはぐらかすだけだ

とうとう我慢しきれず
大学付属病院の整形外科を訪れて

Ｘ線とＭＲＩ検査を受けた
しかし椎間板ヘルニアでもなく
脊柱菅狭窄症でもなかった

だれでも年を取ると
血の巡りが悪くなって痛みが起こる
内臓が不具合でも腰痛がつづく
どうしても治まらずに歩きにくければ
杖をついて我慢するか

夕食後
いつものように腰に効く軽体操をして
マッサージ器にスイッチを入れてテレビを見た
ワールドカップの女子バレーの熱戦に興奮し

粘る日本選手の回転レシーブに見とれて
もやもやじりじりの憂さを晴らす
杖をつくにはまだ早い

残光

重たい手足を伸ばし
目覚まし時計を止めてゆっくり起きた
ひとりで朝食をとろうとしたら
めずらしく茶柱が立っている
きょうは良いことがあるかもしれない

春過ぎになって
とりとめもない仕事を片づけていると
水ばなが落ちそうになり

鼻をかんだら紙に血がついていた
血栓症の予防薬を飲みすぎたのかもしれない

家の近くの大橋を渡り
川の対岸の石段に腰掛けて日なたぼっこをしていたら
ふいに鼻血が膝に落ちてきた

しばらく仰向いて青空を眺めていると
通りがかりの小柄な中年婦人が
黙って立ち止まった
手提げかばんを開けて折りたたみの鼻紙を取り出し
わたしに手わたしてくれた

日暮れにはまだ早い

春先の落日がまばゆく
芽をつけた桜並木のあいだから
消え残った光線が洩れてくる

離れ小史

ここにはかって離れがあった
元治元年生まれの祖父が
はげた頭にゴマ塩の長い顎ひげを生やして
朝夕に神棚に手を合わせて祈っていた

四畳半と六畳の二間で台所はなかった
おふくろは大正の頃から
紅い米びつに一日分の飯をよそって
おかずとともにここに運んだ

大東亜戦争が始まり
兄たちは京都に下宿し　姉は寮にはいった
ほどなく祖父は老衰で亡くなり
兄や姉の本などがここに山積みされ
ぼくはそこから好きな本を抜き取って読んだ

日本が戦争に負けて間もなく
大阪で焼け出された叔父の家族四人が
この離れに移ってきて　数年間住んだ
その後　一番上の兄が家業を継ぎ
結婚してここの二間で寝起きしていた

身体に気をつけていた明治生まれのおやじが
古希を迎える前に胃がんを手術して急死し

五人きょうだいの叔父や伯母が
ここに泊まって通夜にやってきたとき
世継ぎが難しい時世になったと話していた

数年前
一番上の兄は卒寿の直後に他界した
年数を経た離れは跡形もなく姿を消し
コンクリートで固めた駐車場になった
還暦を過ぎた甥がライトバンで出入りし
父祖から継いだ家業の荷物を運んでいる

バク

どれほどの悪夢を
食ってくれたのだろうか
戦争の起きた年に生まれて
いつもひもじい思いをしてきたのに

そこに描かれたゾウのような鼻
サイのような目　トラのような脚
ウシのようなしっぽ
全身がクマのようなかっこうをして

北野天満宮の古びた額にはいったものとは異なる
市立動物園の前に立って
過去の孤独な生活を思いかえす

のっし　のっし　のっし
臆病だが　怒ると凶暴になる
馬鹿力を持ったバクが　いま
ぬかるんだ柵のなかを歩いている

Ⅲ

青い帽子

地中海の青を残す
一年じゅう明るい陽がきらめく
ロードス島のバラが揺れている
紀元前一世紀にはローマ帝国に支配され
その後はペルシャ
サラセン　ベネチアに侵略されたが
一九世紀半ばにはギリシャに併合されたそうな

島には
波乱にみちた異民族の

支配下におかれた亡者たちの影が浮かぶ
旧市街の騎士の館は
歴代のヨハネ騎士団長の建物が並び
イタリアのサボイア家のものになり
さらにムッソリーニ家の住居になった

あれから数十年
押入れにしまい忘れた青い帽子を取り出し
むかしコス島から持ってきた
床の美しいモザイク模様や
日本から贈られた陶磁器を想いだす
いま　八十歳半ばを過ぎて
エーゲ海の青を残す帽子をかぶって
日本の古都を行く

経ヶ岬まで

還暦を過ぎた長男が
髪の毛の薄くなった後頭部を見せて
小柄で無口な連れ合いを助手席に乗せ
伊根の曲がりくねった山道を
慣れたハンドルさばきで車を走らせていく

もう五十数年前
出張で丹後半島に出かけたとき
まだ子どもだった長男を連れて

舞鶴の親戚の家に預け
数日後に仕事を終えて一緒に帰ったことがある

そのころはブリの大漁がつづき
景気にわく土地の漁夫が
祝宴で自分の履き物を探そうとして
ふところから千円札を取りだして火をつけ
足もとを明るくしたという話を聞いた

いまはもうブリも来なくなった
腰骨が痛むぼくは揺れる車の後ろ座席で
口の達者な老妻の横におとなしく座り
予約した舟屋の宿に着くまで
養殖の木柵に囲まれた深い入り江の海岸線や

湾めぐりの遊覧船の姿を
ぼんやり眺めている

白崎にて

潮風に吹き飛ばされそうになって
老いたぼくは石灰岩のそばを伝い歩き
早足で進む妻の後ろに追いつき
リアス式海岸の一角にたたずむ

およそ六十年前
新婚旅行で白浜を訪れたときは
早足でせっかちなぼくの後ろを
二十一歳の妻がゆっくり歩いてきた

元気な二人は
長い年月を荒波で鍛え上げられた岩畳を
眼下に見おろしていた

いま
ぼくは着古したコートの襟を立て
だるくなった重い足を運ぶ
白い岩肌と青い海に砕け散る荒波を
老いた妻とともに
真下に見おろす

平成ブルース

あの高い塔のてっぺんまで
駆けあがっていったのは数十年前だったか
やっとたどり着いた階段から見おろした風景は
竹やぶが切りひらかれたばかりの
虎がりの荒れはてた場所だ

しかしいまは違っている
高層ビルが建ちならび
ところどころコンビニエンスストアが見え

見晴らしの良い　はるか向こうには
ときどき新幹線が走ってゆく

世のなかはすっかり変わってしまった
人間たちは勝手なことばかり考えている
生きていくことだけが精いっぱいだ
どうしてこの世に愛を見つけていくのか
やせ我慢して杖を突かずに老いてゆく

あの高い塔も新しく塗り変えられた
地下鉄を降りてきたひとの群れは
平和ぼけしたかっこうで歩き
使い古したスマートフォンを持って
自分の行き場所を探している

うた

I・Tに

きのうの雨上がりの流れが薄く濁り
近くの堰を落ちる水音が高い
幹のよじれた老木がならび
うす紅の花びらが咲きこぼれる

途中の土堤で自動車を捨てる
ジーパン姿も観光客も見あたらない
太古のままの姿をただよわせる場所で
しばらくは散りそうもない花を見わたす

きみはお気に入りのシャンソンを口ずさみ
愛用のカメラを肩にぶら下げて
花脊峠の北の方角を指さす

猥雑な日常をはなれて　きみは
秘密のこんな素晴らしい場所を案内し
水鳥の飛び立つせつなをシャッターに切る

Ⅳ

自然体

まあ　そう怒らんと　笑えよ
笑えよ　笑え
まあ　そう威張らんと　笑えよ
笑えよ　笑え　笑え
まあ　あほになって　笑えよ　笑え
くさらずに　頭をあげて
笑えよ　笑え　笑え

まあ　そうむずかしいこと言わんと

笑えよ　笑え　笑え
この世はなるようにしかならん
笑えよ　笑え
お笑い芸人のように　ひけらかさんと
笑えよ　笑え　笑え

不条理

だれを審査したらええのやろ
だれに×をしたらええのんやろ
ややこしいこっちゃな

七人の裁判官が並べたるが
どれもこれも平素はなじみがあらへん
ねっから　ようわからん

過去の審査では

右手の裁判官がいちばん×が多い
くじで順番を決めてから
一覧を作っているそうや

およそ六十万人の格差があるそうや
当初に当たったひとはえらい災難やな
一票の格差の問題で
違憲状態と言った弁護士には
有権者の支持があったらしいけど

そこまで考えとるひとが何人いるのやら
わけのわからんまま
投票しているひとがいて
ほんまに　けったいなこっちゃな

いましめ

こけたらあかん
こないだの夕がた
知り合いの葬式から帰ってくるとき
バスの出口から足を踏みはずして
停留所の敷石にけつまずいて
よろけてこけてしもたんや

とっさに左手を着いて
受け身のまねごとをしたけど

えんばと　コンクリの角にあたって
右手の小指に血まめができてしもうた
すぐに外科へ行こうかどうか迷ったけど
しんどかったさけに　家に帰って
塗り薬だけですました

ところが　夜さりに目が覚めて
指先がしびれるように痛みはじめて
どもないやろかと気にしだすと
悪いほう　悪いほうにかんがえて
よう眠れへんかった

ころばず
カゼひかず　義理をかく

とはよう言うたもんやないか
きょうは中学の同窓会があるけど
カゼ気味やいうて休んで
病院へレントゲンを撮りにいったほうが
よさそうや

仙人

ストレスとひと口にいっても
新しいことを始めれば
どんなことでもストレスがたまる
健康のためにもっと水を飲まなくてはと思えばストレスだし
混んでいる電車に乗ろうとすると　これまたストレス

ストレスがたまってくると
持病の不整脈が出てきて
心配や不安でドキドキしてしまう

ありのままで生きてゆくのはたいへんや
腹式呼吸をして
そのまま生きていこうとするけど
仙人
のように生きられへんのが人間やな

ちょぼちょぼ

早い話が
人間はちょぼちょぼや
ひとそれぞれの専門があって
苦労しながら生きている

早い話が
あの人はいつもえらそうに
ええかっこうをしてえらそうに言うけど
むかし先生をしとったくせが抜けへん

物知りでジャーナリストでたいしたもんや

こちらは
やっと卒寿をむかえて
いまだにわからんことだらけで
いつまでたっても
悟りをひらくわけにはいかん

たとえば
このあいだはコロナの担当大臣が
インシュリンの注射器を使ったら
七回分がとれると話していたが
結局は糖尿病患者からクレームが出てきて
推奨せん　と言うことになった

世の中はいつまでたっても
変わるようで変わらんもんや
しょせん
人間はちょぼちょぼや

高野川

ゆるやかな勾配がつづく
ずっとむこう
右寄りに比叡山がそびえる
近くで御蔭橋たもとの三段堰が流れ
葉ざくらの並木のみどりが流れ落ちる

高野川はゆったりとつづき
数羽の水鳥たちが川べりをせせる
向こう岸を過ぎる路線バスは

「大原」行きの看板を見せて走って行く

あのずっとむこうは
奥の　奥の　花折峠が見えてきて
いつか出かけた芦生の原生林が
うっそうと生い茂っていた

父の　その父の　その先祖が
生まれた山なみは
西のかなたの山の源流にそってつづき
口丹波と呼んだ

すでにぼくは九十歳になって
多くの時間をついやしてきた

高野川のほとりでくつろぎながら
五月のさわやかな青をながめて
わずかばかりの希望を探す

有馬 敲（ありま たかし）

1931年京都府に生まれる。
同志社大学経済学部卒業。

詩集
『変形』（1957年・コスモス社）
『有馬敲全詩集』（2010年・沖積舎）
現代詩文庫『有馬敲詩集』（2016年・思潮社）

日本現代詩人会、関西詩人協会、日本国際詩人協会員

もっと 光を

二〇二一年六月一〇日発行

著 者 有馬 敲
発行者 松村信人
発行所 澪 標
大阪市中央区内平野町二 - 三 - 十一 - 二〇二
TEL 〇六 - 六九四四 - 〇八六九
FAX 〇六 - 六九四四 - 〇六〇〇
振替 〇〇九七〇 - 三 - 七二五〇六
印刷製本 亜細亜印刷株式会社
DTP 山響堂 pro.